MISTER NEUGIERIG

Roger Hargreaves

Rieder Bilderbücher

Mister Neugierig wollte immer genauestens Bescheid wissen, was passierte.

Er steckte seine Nase ständig in die Angelegenheiten anderer Leute.

Mister Neugierig **musste** einfach bei jeder abgesperrten Tür durch das Schlüsselloch schauen. Er wollte schließlich wissen, warum da abgesperrt war.

Mister Neugierig **musste** einfach verschlossene Briefe an fremde Leute öffnen. Er wollte schließlich wissen, was darin stand.

Mister Neugierig **musste** einfach, wenn er im Zug saß, in der Zeitung seines Sitznachbarn lesen statt in seiner eigenen.

Wie ihr euch sicher vorstellen könnt, war Mister Neugierig nicht besonders beliebt.

Die Leute mochten die Art nicht, mit der er ständig herumschnüffelte und sie ausspionierte.

Sie mochten diese Art ganz und gar nicht, aber meint ihr, das hätte Mister Neugierig davon abgehalten?

Überhaupt nicht!

Mister Neugierig wohnte in einem seltsam großen und schmalen Haus in einem Ort namens Dingenskirchen.

Die Bewohner von Dingenskirchen fanden alle, dass Mister Neugierig viel zu neugierig war, und so vereinbarten sie ein Treffen, um sich darüber zu beraten.

„Wir müssen uns etwas einfallen lassen, damit ihm seine Neugier vergeht", meinte der alte Schreinermeister Schiefer.

„Das finde ich auch!", rief Frau Sauber, der die Wäscherei in Dingenskirchen gehörte.

„Er soll einen sauberen Denkzettel verpasst kriegen!"

„Wie könnten wir ihm nur abgewöhnen, immer seine Nase überall hineinzustecken?", überlegte Malermeister Pinsel.

Und da huschte ein Lächeln über sein Gesicht.

„Hört mal her", sagte er und grinste. „Ich habe einen Plan!"

Seine Freunde umringten ihn und alle wollten den Plan hören.

Am nächsten Morgen spazierte Mister Neugierig die Hauptstraße von Dingenskirchen entlang. Da hörte er hinter einer verschlossenen Tür jemanden pfeifen.

„Was wird da nur los sein?", überlegte er. Er schlich auf Zehenspitzen zu der Tür, öffnete sie und spähte hinein.

„PLATSCH", machte es und ein dicker, nasser Pinsel sauste auf Mister Neugierigs Nase und bedeckte sie mit leuchtend roter Farbe.

„Ach je, das tut mir jetzt aber SEHR leid!", sagte Malermeister Pinsel, der gerade die Innenseite der Tür anstrich.

Der arme Mister Neugierig musste schnurstracks nach Hause gehen und versuchen, die rote Farbe wieder abzukriegen. Das war ziemlich schwierig und weh tat es auch.

Malermeister Pinsel schmunzelte vor sich hin.

Sein Plan schien zu funktionieren.

Am nächsten Tag ging Mister Neugierig an der Wäscherei vorbei, als er plötzlich hinter der Mauer jemanden lachen hörte.

„Ich frage mich, was da schon wieder los ist", überlegte er. Er stellte sich auf die Zehenspitzen und schaute über die Mauer.

„SCHNAPP", machte es und eine Wäscheklammer saß auf der Spitze von Mister Neugierigs Nase.

„Ach je, das tut mir jetzt aber SEHR leid!", rief Frau Sauber, die gerade hinter der Mauer ihre Wäsche aufhing.

Der arme Mister Neugierig nahm die Wäscheklammer ab und ging weiter die Straße entlang. Seine Nase war ganz rot und er tat sich ziemlich leid ...

Frau Sauber schmunzelte.

Der Plan funktionierte wirklich.

Am nächsten Tag schlenderte Mister Neugierig an einem Zaun entlang, als er plötzlich dahinter ein Hämmern hörte.

„Ich frage mich, was hier vor sich geht", überlegte er, schlich leise bis ans Ende des Zaunes und spähte um die Ecke.

„PENG", machte es und ein Hammerschlag traf die Spitze von Mister Neugierigs Nase.

„Ach je, das tut mir jetzt aber SEHR leid!", sagte Schreinermeister Schiefer, der gerade eine lose Zaunlatte wieder festnagelte.

Der arme Mister Neugierig musste sofort nach Hause gehen und seine wunde Nase verbinden.

Schreinermeister Schiefer lachte in sich hinein.

Der Plan klappte wie am Schnürchen.

Am nächsten Tag ging Mister Neugierig im Wald spazieren, als er plötzlich jemanden sägen hörte.

„Ich frage mich, was hier wohl los ist", überlegte er und versteckte sich hinter einem Baum.

Und gerade als er hinter dem Baum hervorlugen wollte, kam ihm blitzartig der Gedanke, dass das möglicherweise sehr unangenehme Folgen für seine Nase haben könnte.

Also setzte er seinen Weg fort und war kein bisschen neugierig.

Hinter dem Baum stand, mit einer Säge in der Hand, der Bauer Herde.

Nachdem er gesehen hatte, dass Mister Neugierig weitergegangen war, ohne neugierig zu sein, lachte und lachte er.

Der Plan war aufgegangen!

Bauer Herde lief zurück nach Dingenskirchen und berichtete es allen Leuten.

Der Plan hatte wirklich funktioniert. Mister Neugierig hatte sich die Neugierde vollständig abgewöhnt und war bald mit jedermann in Dingenskirchen sehr gut befreundet.

Und damit ist diese Geschichte eigentlich zu Ende.

Aber solltet ihr jemals in Versuchung geraten, so neugierig zu sein, wie Mister Neugierig es war, dann wisst ihr, was euch bevorsteht:

Ein Nasenstüber!